AF332683

DISCOURS

POUR LA RÉCEPTION

DE

M. LACRETELLE, JEUNE,

A L'ACADÉMIE FRANÇAISE,

PRONONCÉ

PAR M. LE COMTE DE SÉGUR,

Grand–Maître des Cérémonies, Conseiller–d'Etat,

Présidant l'Institut dans la séance du 7 Novembre 1811.

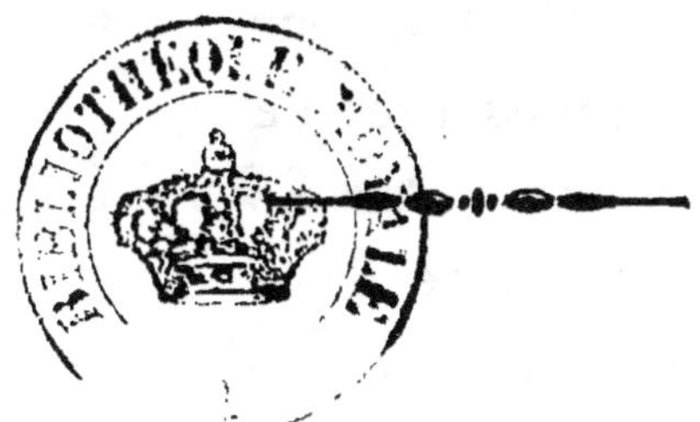

A PARIS;

Chez Fr. BUISSON, rue Gilles–Cœur, N°. 10.

1811.

DISCOURS

POUR LA RÉCEPTION

DE M. LACRETELLE, JEUNE,

A L'ACADÉMIE FRANÇAISE.

Mᴏɴsɪᴇᴜʀ,

Lᴇs séances publiques de l'Académie Française, consacrées à l'adoption de ses nouveaux membres, présentent à leur amour-propre toutes les jouissances de la gloire; mais elles retracent en même temps à leur esprit, l'inconstance de la Fortune, qui se joue de nos vains projets, et la fragilité de notre existence, qui brille comme un éclair et passe comme un songe. Sans cesse occupés à déplorer nos pertes et à les réparer, c'est toujours sur un tombeau que nous offrons une couronne.

Cette triste vérité, loin de nous abattre, doit relever notre courage ; en nous rappelant la brièveté de la vie, elle nous dit de nous hâter d'en remplir utilement et glorieusement la durée.

Parons de fleurs, couvrons de fruits, ornons de lauriers son court passage ; laissons quelques traces de nous ; qu'un doux et noble souvenir s'attache à notre nom ; car l'homme est si promptement détruit ! Le poëte célèbre que vous remplacez voit son activité infatigable enchaînée dans un froid monument ; sa palette brillante perd son éclat dans l'ombre d'une éternelle nuit ; sa voix éloquente gardera désormais un morne silence : mais ses écrits se relisent encore, ses chants mélodieux se répètent, son poëme vivra toujours ! Esménard échappe à la mort par ses beaux vers, et sa gloire nous rappelle que les grands ouvrages, comme les grandes actions, donnent seuls l'immortalité.

Vous qui lui succédez, Monsieur, et qui venez de rendre un si touchant hommage à sa mémoire, consolez-nous de sa perte, par vos travaux; faites-nous jouir plus long-temps que lui de vos lumières; et cessez d'attribuer, par modestie, à la seule amitié, un choix qui nous a été dicté par la justice.

L'Académie, en vous nommant, a rempli son devoir, celui de couronner le talent; elle a satisfait le vœu du public, dont les suffrages doivent précéder les siens; enfin, elle a suivi ses propres sentimens, car votre caractère et vos qualités morales vous ont fait compter depuis long-temps plus d'un frère dans cette compagnie.

Ainsi, vous trouverez parmi nous des amis qui jouiront de vos succès, comme d'un bien qu'ils se sont approprié; vous y verrez surtout des hommes qui apprécient d'autant mieux vos travaux, qu'ils en sentent davantage la difficulté.

Dans un monde frivole, l'Envie, la Légèreté, sévères par amour-propre, difficiles par ignorance, admirent à regret les beautés d'un ouvrage, en exagèrent avec complaisance les défauts ; elles veulent qu'on atteigne toujours le but, quelqu'élevé qu'il soit, parce qu'elles n'en ont jamais mesuré la hauteur ; elles ne savent gré d'aucun effort, n'ayant jamais eu à lutter contre aucun obstacle ; et comme elles ne connaissent point les écueils dont notre route est semée, elles ne savent apprécier ni l'audace qui les franchit, ni l'adresse qui les évite.

Vous avez cependant moins qu'un autre, Monsieur, à vous plaindre de cette insouciance à la fois sévère et futile des critiques du jour et des lecteurs vulgaires : vous avez choisi le genre de littérature le plus épineux, sous tous les rapports ; l'histoire, l'histoire de notre temps, et vous avez réussi.

Que de difficultés, cependant, pré-

sentaient les titres seuls de vos ouvrages!
Entre combien d'opinions, de sectes,
de partis vous aviez à marcher! Combien
de grands talens à classer, de faiblesses
à dévoiler, de révolutions à peindre,
de malheurs à respecter, de problêmes
à résoudre, de grandes chutes à ra-
conter!

L'histoire des temps anciens ne juge
que les morts; elle remue de froides
cendres, qu'aucun souvenir récent ne
garde, qu'aucune passion ne défend.
L'histoire du temps présent juge les vi-
vans, et parle en présence des passions
armées : l'une n'est que difficile; l'autre
est presqu'impossible à écrire avec un
plein succès.

Tout ce qui paraîtrait devoir prêter
des secours à l'historien, pour peindre
ses contemporains, le gêne et l'arrête :
la proximité des objets est un obstacle
pour sa vue; l'appui qu'il cherche est

un écueil ; la lumière qu'il apperçoit est souvent un phare trompeur qu'il doit éviter ; l'abondance des matériaux n'est qu'une difficulté de plus.

Où trouver la vérité qu'obscurcissent tant de préjugés, que voilent tant d'intérêts, que redoutent tant de passions ? Et comment surtout se mettre en garde contre sa propre partialité, en parlant sur des renseignemens souvent infidèles, de lieux, de temps, de choses, d'hommes et de classes qui nous touchent de si près ?

Mes justes éloges n'auraient plus de prix à vos yeux, Monsieur ; ils dégénéreraient en flatterie indigne de vous, de moi, et de l'assemblée qui nous écoute, si je disais que vous avez triomphé de tous ces obstacles ; vous prendriez vousmême la parole pour refuser cette louange exagérée ; mais vous accepterez celle qui n'est que juste et vraie.

La modération de votre caractère s'est répandue sur vos écrits, et a doucement forcé les passions à écouter en silence le langage de la vérité. Vous avez désarmé la sévère critique par un style toujours pur et souvent élégant. Vous avez excité l'intérêt et fixé l'attention par une narration coulante et rapide. Enfin, vous avez bravé avec hardiesse, mais avec prudence, un vieux préjugé qui veut priver la muse de l'histoire de tout intérêt dramatique et de tout ornement. Le récit animé de la révolution de Gênes ; le tableau touchant et terrible de la peste de Marseille ; la dernière harangue de Chatham au parlement d'Angleterre ; les discours que vous prêtez aux ennemis et aux partisans des Jésuites, à l'époque de leur destruction ; et beaucoup d'autres morceaux dignes d'éloges, que je voudrais citer, répandent sur votre *Histoire du* 18e. *siècle* un intérêt vif, varié, soutenu, et ils justifient pleinement et vos succès et nos espérances.

La critique, toujours utile même lorsqu'elle est injuste, vous excitera sans doute à perfectionner cet estimable ouvrage. Déjà vous vous empressez de rétracter des jugemens qui blessaient quelques familles, et qui étaient fondés sur des renseignemens dont vous avez reconnu l'erreur. Le désir de vous voir réformer de pareils jugemens a dû être considéré par vous comme un nouvel éloge ; car on n'attache une grande importance qu'aux opinions d'un auteur que la postérité lira, et aux arréts d'un historien probe, qui cherche et respecte la vérité.

Ce caractère, Monsieur, se fait sentir dans vos ouvrages ; il en assure le succès.

Un auteur a rempli le premier devoir imposé à tout historien, lorsqu'il a prouvé son attachement à sa patrie, son dévouement à la justice, son rèspect pour la vérité, et le désir ardent d'inspirer la haine du vice, et l'amour de la vertu.

C'était là le premier mérite des ces grands historiens de l'antiquité, que nous admirons tant, et que nous imitons si peu. Ils mesuraient les hommes et leurs actions, non sur des systêmes et de prétendus principes, qu'une passion fait naître et qu'une autre détruit, mais sur une règle invariable, celle de la justice et de la morale. Aussi leurs jugemens sont confirmés par la voix des siècles. L'esprit de système, de secte, de parti, n'est que pour un lieu, pour un jour ; la justice et la vérité sont de tous les temps et de tous les pays.

Par quelle fatalité ces peintres immortels du crime et de la vertu sont-ils restés jusqu'à présent parmi nous, non sans émules, mais sans égaux ?

Comment l'Europe moderne, qui oppose avec fierté tant de chefs-d'œuvre dans tous les genres à ceux qui ont illustré les beaux jours d'Athènes et de Rome, offre-t-elle si peu de noms qu'on puisse comparer aux noms de Thucydide, de Xénophon, de Tite-Live, de Salluste et de Tacite ?

Bossuet, qu'on doit excepter, Bossuet, allumant dans le Ciel le flambeau de l'histoire, a fait un tableau sublime de la naissance et de la chute de ces grands empires, que la pensée de l'Éternel a créés, et que son souffle a détruits ; mais il n'a point parlé des peuples modernes.

L'illustre Montesquieu n'a porté ses regards pénétrans que sur la grandeur de Rome et sur ses débris.

Machiavel, au-dessus de son siècle par l'étendue de ses lumières et par la profondeur de sa politique, ne respecta pas la morale ; et la postérité, en admirant son talent, imprime à son nom une tache ineffaçable.

Hume, Robertson et Schiller ont éclairé leurs contemporains; ils doivent une grande renommée à la pureté de leur morale, à l'éloquence de leur saine philosophie.

Voltaire, plus brillant et plus critiqué, Voltaire, dont le génie sera toujours admiré malgré les écarts de son imagination et l'acharnement de ses détracteurs, a fait la peinture la plus vraie des siècles modernes; mais trop frappé des inconséquences des hommes, il a quelquefois manqué de gravité, en retraçant avec une ironie trop piquante des sottises tragiques et des folies sanglantes. Son *Histoire de Charles XII*, la meilleure qui ait paru jusqu'à nos jours, a été sévèrement critiquée, parce qu'on y trouve à la fois l'action d'un drame et l'intérêt d'un roman. Ainsi son mérite réel est précisément le défaut que lui reprochent de froids censeurs.

Avec moins de talent, Saint-Réal et Vertot ont inspiré le même intérêt, et se sont attiré les mêmes critiques.

Mais ces beaux génies, en se frayant des routes nouvelles, en s'élevant au-dessus de la foule des historiens, en assurant à leurs noms une gloire durable, n'ont pas su répandre complètement sur l'histoire des nations modernes, ce charme que nous trouvons dans les annales de ces vieilles nations, dont les mœurs, les religions et les lois ne devraient plus avoir pour nous que l'intérêt d'une stérile curiosité.

Pourquoi faut-il donc que les Romains et les Grecs soient si long-temps vainqueurs ? Vainement on a répondu que les peuples anciens offraient une matière plus riche aux pinceaux de l'histoire ; que leurs institutions, leurs mœurs, leurs as-

semblées publiques présentaient des tableaux plus animés, des sujets plus dramatiques ; qu'enfin tout était colossal,
héroïque dans l'antiquité, et dénué de
grandeur et d'intérêt dans les temps modernes.

Et qui pourrait soutenir, de bonne
foi, que l'établissement des Francs dans
les Gaules, la chute et le démembrement
de l'empire romain, les conquêtes et la
religion des Arabes, l'empire de Charle-
magne, la politique et l'accroissement
des pontifes Romains, la chute de tant de
dynasties, la fondation de tant de royau-
mes et de républiques, les exploits et
les mœurs de la chevalerie, les aventures
épiques des croisades, la lutte des rois
et des grands, du sacerdoce et de l'empire, des lois et de la tyrannie féodale, la
restauration des sciences et des lettres,
la découverte d'un nouveau monde, le
changement total produit dans l'univers
par l'invention de la poudre et de l'im-

primerie ; qui pourrait, dis-je, soutenir que des sujets si riches , si grands, si variés, n'offrent au talent qu'une matière aride et qu'un champ trop étroit?

Nous pouvons peindre tout ce que l'antiquité a peint ; nous avons de plus, des sujets qui manquaient à ses crayons, des institutions plus variées, des guerres plus savantes et plus étendues , une philosophie plus éclairée. Il faut donc l'avouer , si dans cette lutte de talens les auteurs anciens ne sont encore ni vaincus ni même égalés, ce qui nous a manqué jusqu'à présent, ce sont les historiens, ce n'est pas l'histoire.

On trouverait, je crois, l'explication de ce phénomène dans un vieux préjugé littéraire, établi en principe chez tous les peuples modernes.

Mably l'a fortement signalé dans un excellent ouvrage, comme l'unique cause de la froideur et de la sécheresse de l'histoire moderne. Duclos, en faisant sentir ses funestes effets, a déclaré qu'on essayerait en vain de détruire une erreur si généralement respectée.

Ce préjugé, auquel nos meilleurs écrivains se sont tous plus ou moins soumis, veut que la muse de l'histoire soit toujours grave et dépouillée de parure : il défend toute richesse comme un luxe coupable, tout ornement comme un fard immodeste, tout mouvement oratoire comme un excès répréhensible.

Et telle est l'influence de ce faux principe généralement reçu, que s'il paraissait à l'instant un Tite-Live, un Tacite, un Salluste français, on refuserait le titre d'histoire à son ouvrage, on lui reprocherait de manquer de gravité; ses descriptions seraient trouvées trop poétiques, ses portraits trop chargés, ses harangues trop invraisemblables; on l'accuserait d'avoir profané la dignité de l'histoire par les mouvemens du drame, et sa vérité par les fictions du roman. On exigerait de lui l'exactitude des dates, la statistique des lieux, le calcul exact des forces, le tableau détaillé des finances ; s'il cédait à cette injuste censure, il deviendrait, comme la foule des auteurs, froid et monotone, et entendrait encore répéter ces éternels reproches contre les modernes, qu'on enchaîne en les accusant de manquer de mouvement, et ces constans éloges des beautés de l'histoire ancienne, qu'on nous défend impérieusement de reproduire.

Autrefois, pour s'instruire complètement, l'homme d'Etat avait recours aux archives, aux commentaires, aux annales, aux actes publics ;

Mais l'histoire était exclusivement destinée à consacrer les événemens les plus mémorables, et à célébrer les hommes les plus illustres ; ainsi son objet était d'élever l'ame, et non de charger de faits la mémoire.

Une bonne histoire était un morceau d'éloquence, paré de toutes les richesses de l'art oratoire, un tableau qu'animaient les plus vives couleurs, un drame plein d'action, fait pour inspirer les plus nobles sentimens ; un monument éternel, où la vertu désirait, où le crime redoutait de se voir inscrit.

C'est ainsi qu'on envisageait le but de l'histoire, et qu'on l'écrivait ; c'est ainsi que nous devons l'écrire désormais.

Délivrons-nous de ces tristes entraves ; rendons la vie à l'histoire, ne montrons presque jamais l'auteur ; faisons agir, faisons parler, mettons en scène les personnages.

Au lieu de vouloir tout dire, comme les compilateurs, choisissonsles hommes, les événemens, les lieux, les temps les plus dramatiques : pour les peindre et les mettre en action, empruntons tous les genres : aucun ne doit nous être étranger ; imitons ces illustres prosateurs, qui se montraient à la fois peintres et poëtes, et que notre style flexible, adapté aux divers sujets que nous traiterons, soit, comme celui des anciens, épistolaire dans le récit, dramatique dans l'action, poétique dans les descriptions, oratoire dans les harangues, philosophique et concis dans les réflexions.

Il est temps d'abjurer un préjugé funeste ; il prive notre siècle d'une palme que nous pourrons disputer à l'antiquité, dès que nous laisserons au génie la liberté qu'il réclame. Encourageons surtout la noble hardiesse de ceux qui commencent à combattre cette fausse doctrine, et nous aurons alors, d'un côté, de savans et d'estimables annalistes, qui composeront d'utiles recueils pour notre instruction, et des historiens éloquens, qui élèveront des monumens pour notre gloire.

Et quel moment serait mieux choisi pour réaliser ce noble espoir! Le siècle des prodiges est arrivé! l'antiquité pâlit! L'histoire de nos jours efface celle des temps héroïques; toutes les muses veulent et doivent se réunir pour chanter tant de merveilles : elles demandent qu'aucune entrave ne les arrête, qu'aucun obstacle ne les sépare! Laissons-les se prêter mutuellement leurs forces; que rien ne les retienne, lorsqu'elles suivent le char brillant de la gloire et le vol rapide du génie.

La poésie a, comme l'histoire, des ennemis à combattre et des préjugés à vaincre. Plus indépendante encore et plus audacieuse, elle ne peut souffrir que des règles austères, que de froides et pesantes chaînes captivent son essor.

Une fausse théorie veut en vain borner

sa carrière : son empire n'a point de li-
mite ; l'univers est sa toile , et le ciel sa
palette ; elle doit animer tout ce qu'elle
touche , diviniser tout ce qu'elle chante.

La magie est sa puissance , l'allégorie
son langage , l'illusion sa vie.

Défendons-la de cette critique glacée
qui veut éteindre sa flamme, de cet esprit
d'analyse , ennemi de l'imagination , qui,
poussé trop loin, dessèche le cœur en
voulant l'éclairer , et nous fait perdre en
sentimens ce que nous croyons gagner en
raison.

Gardons l'analyse pour les sciences ,
mais ne lui permettons pas d'enchaîner
la poésie ; laissons à cette fille du ciel ses
fables , son enthousiasme , ses écarts, son
entière liberté.

Ouvrons-lui tous les chemins, permet-
tons-lui tous les genres ; ils cessent d'exis-

ter pour elle, dès que nous voulons trop
sévèrement les limiter et les définir.

Pourquoi vouloir décider si un poëme
peut être à la fois épique, didactique et
descriptif? Qu'importe le nom qu'on
donnera aux Georgiques, au Lutrin,
à l'Homme des Champs, *au poëme de la
Navigation?* Et ne suffit-il pas, pour couronner le poëte, quel que soit son plan et
sa marche, que son poëme, riche de
verve, brillant de pensées, charme l'o-
reille par son harmonie, et l'imagination
par ses tableaux? A-t-il frappé votre esprit, touché votre cœur, entraîné votre
ame? il a suivi toutes les règles, il a rempli tous ses devoirs.

N'exigeons rien de plus ; la poésie veut
être sentie plus que jugée : les poëtes sont
comme les Sybilles, un feu sacré les anime,
l'inspiration divine dicte leurs chants ; ils
ne prononceront plus d'oracles, si vous

exigez trop de méthode dans leurs passions, et d'ordre dans leur délire.

N'oublions point ce que disait le poëte
que nous regrettons, en défendant sa
propre cause : « Le temps employé à
» disserter est perdu pour la création ;
» l'Italie n'a plus produit de chefs-d'œu-
» vre dès qu'on s'est occupé à discuter
» le mérite de l'Arioste et du Tasse,
» au lieu de les imiter. »

De graves censeurs reprochaient à l'auteur du poëme de la Navigation le choix
de son sujet. On le trouvait trop étendu,
et il n'était pas, disait-on, susceptible
de cette unité d'action qui seule inspire
un intérêt vif et soutenu.

Le succès complet de M. Esménard est,
sans doute, une réponse suffisante à ce
reproche.

Et ce défaut, s'il existe réellement,

n'a servi qu'à faire éclater davantage son mérite. Si ce plan était trop étendu, nous devons d'autant plus admirer la force du talent qui a su remplir de tant de beautés un cadre si vaste.

Il faut en convenir, ce bel ouvrage, digne de sa célébrité, est à la fois le tableau du monde entier, l'histoire rapide des républiques et des empires de tous les siècles, la peinture animée des mœurs, des arts, des exploits de tous les temps.

La muse brillante qui dictait ces chants harmonieux, s'est parée des richesses de tous les genres d'éloquence ; elle s'est embellie des couleurs de tous les climats.

Avec quelle chaleur, quelle rapidité il retrace la grandeur et la décadence de Tyr, d'Athènes et de Rome ! Heureux et varié dans ses brillantes fictions, et dans le choix de ses épisodes, tantôt il peint avec une grace légère cette barque fragile, l'arbre creusé par le premier navigateur,

le berceau de cet art divin qu'il fait ré-
véler aux hommes par l'Amour.

Tantôt il fait apparaître l'ombre de
Didon sur les ruines de Carthage, aux
regards de Scipion ; elle reproche aux
enfans d'Enée de la poursuivre encore,
et de profaner sa cendre : on croit en-
tendre Virgile.

Que ne puis-je vous retracer la force
de ses pinceaux, lorsqu'il nous montre
la flotte d'Auguste et celle d'Antoine,
balançant leurs destinées sur la mer d'Ac-
tium, et l'art qu'il célèbre décidant alors
du sort de l'univers.

Qui pourrait l'écouter sans admira-
tion, lorsqu'après avoir chanté l'heu-
reuse audace de Christophe-Colomb, il
le représente chargé de fers, seul prix
de la découverte d'un Nouveau Monde ?
ou lorsque, revêtu des armes de la religion et de la philosophie, il fait plaider

à Las Casas , devant le trône de Charles-Quint , la cause de l'humanité !

Mais je crains d'ajouter trop long-temps de si foibles traits au noble hommage que vous venez de rendre à ce poëte célèbre.

Les Grecs, toujours ingénieux dans leurs idées , toujours délicats dans leurs sentimens, croyaient que le plus bel éloge qu'ils pouvaient faire des grands poëtes après leur mort, était de réciter leurs vers dans les assemblées publiques.

Je terminerai ce discours en les imitant , et je veux choisir un passage qui ne justifiera que trop les regrets que nous cause la perte d'un homme si digne , par son talent, de chanter le règne et la gloire de Napoléon.

Esménard offre à nos yeux un marin blessé ; il est près d'expirer ; il déplore les malheurs de la France déchirée par

la discorde, et la perte fatale de nos vaisseaux ; le ciel veut adoucir sa fin en lui
présentant une fidèle image de l'avenir :
il voit devant lui les ombres immortelles
des guerriers français qui ont autrefois
illustré notre marine ;

. . . .

Le mourant tressaillit à cet aspect funeste;
Soudain brille à ses yeux une flamme céleste,
Et les mânes guerriers, qui planent sur les eaux,
Lui découvrent au loin deux rapides vaisseaux,
Qui, des rives du Nil, ont volé vers la France.
Assise sur nos bords, la timide Espérance
Attendait un héros promis à nos malheurs.
Il paraît! et déjà ses pavillons vainqueurs
Ont touché ces débris consacrés par la Gloire,
Qui gardent de César (*) le nom et la mémoire.
O prodige! un moment a vu changer l'Etat!
L'Honneur rentre au conseil, la Prudence au sénat,
Le héros a parlé; la Victoire fidèle
Entend et reconnaît la voix qui la rappelle;
Soumise, elle s'élance et fixe le Destin.
La Paix la suit de loin, des palmes à la main;

(*) Fréjus, autrefois Forum Julii.

Elle dicte des lois à l'Europe docile ;
Et, seule dans le fond de ce tableau mobile,
On voit, au sein des mers, la jalouse Albion,
Rallumer le flambeau de son ambition,
Craindre pour sa grandeur le repos de la terre,
Et confier encor au démon de la guerre
Un destin qui dépend, dans ces funestes jeux,
D'une nuit sans étoile, ou d'un jour orageux.
Alors tout disparaît ! un voile favorable
Couvre de l'avenir l'arrêt inexorable.
Le vieillard qui l'entend, perd la voix et le jour ;
Dans la nuit éternelle il tombe sans retour ;
Il expire, et ses yeux, fermés par l'Espérance,
Ont du moins entrevu le vengeur de la France.

DE L'IMPRIMERIE DE POULET,
QUAI DES AUGUSTINS, N° 9.

www.ingramcontent.com/pod-product-compliance
Lightning Source LLC
LaVergne TN
LVHW020459060726
842525LV00005B/1799